© Tinus Musikverlag 1990
Lizenz durch:
BUCHAGENTUR MÜNCHEN 1990
Buchagentur Intermedien-GmbH & Co.
Marketing KG,
Erhardtstr. 8, 8000 München 5
Genehmigte Lizenzausgabe für
Fischer Verlag, Remseck bei Stuttgart, 1990
ISBN 3 439 82053 X

Panki

Panki aus Pankanien

Ja wer düst denn dort
im Weltall hin und her?
Ja, wer liebt uns Kinder
auf der Erde sehr?
Ja, wer kommt schnell angesaust,
wenn man ihn ganz dringend braucht,
wer kommt von dem fremden Stern
Das ist Panki, Panki,
Panki aus Pankanien, und
er ißt so gerne Kastanien;
Panki, Panki,
Panki aus Pankanien,
hörst du unsern Ruf?
Panki, Panki, komm, wir
brauchen deine Hilfe!
Panki, Panki, deine Freunde
warten schon!
Ja, wer hat die
allergrößte Zauberkraft,
mit der er Wunderdinge
für uns Kinder macht?
Ja, wer kommt schnell angesaust,
wenn man ihn ganz dringend braucht,
wer kommt von dem fremden Stern?

UFOs, Gangster und Kastanien

Uli Ungeschick und Tinus
Tintenfisch trafen sich wie
fast an jedem Nachmittag in
ihrem Baumhäuschen, das
nicht weit vom Mühlbach in
einem kleinen Wäldchen
versteckt lag.
Voller Ungeduld warteten
sie auf Raffi Radieschen,
die ihnen eine große Tüte
Popkorn versprochen hatte.
Wer von ihnen ahnte schon, daß
dieser Tag für sie alle noch
die allergrößte Überraschung
bringen würde! "Na endlich,
da kommt sie ja!" meckerte
Uli.

"Hallo, ihr beiden!", sagte
Raffi, "es tut mir leid, aber
früher ging es nicht. Oma
Ohnesorg ist heute nämlich etwas
Schreckliches passiert ...!"
" Ja, was war denn los? Erzähl!"
"Stellt euch vor: Heute hat sie
den Brief vom Bauern Tausendmark
gekriegt - dem gehört nämlich das
Haus, in dem Oma wohnt -, und
darin schreibt er, daß Oma am
Monatsende ausziehen muß!"
"So eine Gemeinheit!"
"Oma hat natürlich fürchterlich
geweint, und da wollte ich
sie einfach nicht allein lassen."
"Verstehe", sagte Tinus. "Ob es
was nützt, wenn wir drei mal
zum Tausendmark gehen und mit
ihm reden?"

"Pssst! ... seid mal ganz leise!
Ich glaube, ich höre da irgendein
komisches Geräusch!" fuhr Uli
auf einmal Tinus dazwischen.
"Ich höre nichts!" widersprach
Raffi, die gerade in ihrer
Popkorntüte kramte. "Doch,
jetzt hör' ich auch was! Der
Krach kommt direkt auf
uns zu", sagte Uli,
"ich habe richtige Angst. Laßt
uns lieber hier verschwinden."
"Ach was! Stell dich
nicht so an! Jetzt seht mal
nach hinten, über den Bäumen
... sieht aus wie ein plattgetretener
Fußball...", flüsterte Tinus.
Dann war der riesige Krach
auf einmal nicht mehr zu hören.
Es war ganz still geworden.

Die drei Freunde beschloßen nach einer lauten und hitzigen Besprechung, der Sache auf den Grund zu gehen. Obwohl es inzwischen schon fast dunkel geworden war, pirschten sie sich vorsichtig an die Stelle heran, wo es ihrer Meinung nach passiert sein mußte. Ob da wirklich eine Rakete abgestürzt war oder eine fliegende Untertasse?
Die tollsten Gedanken schossen den Kindern durch den Kopf.
Es war schon fast eine halbe Stunde vergangen, und sie hatten noch immer nichts entdeckt.
Plötzlich drehte sich Tinus aufgeregt zu den Freunden herum: "Da! Seht mal ... hinter dem Hügel! Da blinkt doch was!"

"Jetzt sehe ich es auch! Kommt, wir schleichen uns leise näher ran! Das müssen wir sehen!" flüsterte Raffi.
"Und wenn es ein UFO ist?" warf Uli ein. "Wär ich doch bloß nach Hause gangen!"
"Donnerwetter - das IST ein UFO, oder ich esse nie mehr Popkorn!" rief Tinus, als sie dichter an die Stelle herangekommen waren. "Und schaut euch das an ..., da wird ja eine Treppe von dem runden Ding heruntergelassen, oder was soll das sein?"
Und dann stieg zu ihrer maßlosen Verblüffung ein kleines, irrwitziges buntes Wesen singend die Stufen herab: "Ich bin Panki, Panki aus Pankanien, und ich ..."

"Was singt der da? Der kann ja unsere Sprache", Raffi konnte es noch gar nicht fassen. "Wo liegt denn Pankanien? Nie gehört!", bestimmt ein Stern im Weltall! Ich hab´s mir doch gedacht! Erst habe ich ja Mauretanien verstanden, aber da gibt es doch keine UFOs!" -
"Jetzt kommt er auf uns zu! Und wie süß bunt der aussieht, und wie seine Nase leuchtet! Der ist bestimmt ein lieber Kerl. Vor dem hab ich keine Angst", rief Raffi voller Begeisterung. "Ich versuch mal, mit ihm zu reden."
"Hallo... Hallo... hallo Panki! Kannst du mich hören? Kannst du mich verstehen?"

Aber Panki hatte im Augenblick
ein ganz anderes Problem. Und das
hörte sich so an:

"Ich bin Panki aus Pankanien,
und ich esse gern Kastanien!
Ich wollte eure Welt entdecken,
nun tu´ ich in der Erde stecken!
Das Raumschiff ist nicht rauszuheben und bleibt im schwarzen
Boden kleben! Wer hilft mir
in der großen Not? Ich muß nach
Haus, sonst bin ich tot!"

Die Freunde staunen nur. Uli
hat seine Angst ganz vergessen:
"Klar! Der braucht Hilfe!
Aber wir sollten uns erst einmal
vorstellen!"

So machten sich die drei erst
einmal ganz höflich mit Panki
bekannt. Und mit vereinten
Kräften zogen sie das im Boden
steckengebliebene Raumschiff
wieder heraus. Eine schwere
Arbeit! Als Belohnung führte
Panki sie dann an Bord, nicht
ohne sie zu ermahnen:
"Grabscht mit den Fingern nicht
herum, sonst fällt mein
Bordcomputer um!" Uli,
Raffi und Tinus waren hellauf
begeistert!
Überall in der Pilotenkanzel
leuchteten Lichter und Lampen.
"Panki, willst du nicht eine Weile
bei uns bleiben?" fragte Tinus,
"wo wir doch jetzt Freunde sind?"
Doch Panki lehnte ab.

"Ich sause los und komm' bald wieder, zu Hause warten meine Brüder!" Bevor er sein Raumschiff startklar machte, hatte Panki noch ein Geschenk für die Kinder: eine Kastanie aus Pankanien, einganz besondere, die er so vorstellte: "Wenn ihr mich braucht, bin ich zur Stelle, wir senden auf der gleichen Welle! Doch reibt sie nur in großer Not, sonst sind die Zauberkräfte tot!"
Die Kinder verabschiedenn sich und verließen schnell das Raumschiff. Gleich danach hob es mit großer Geschwindigkeit vom Boden ab, und bald war von ihm nichts mehr zu sehen als ein kleines helles Pünktchen am dunklen Himmel.

"Schade, daß Panki nur so kurz hier war!" sagte Raffi. "Aber jetzt muß ich unbedingt nach Hause! Was Großmutter bloß macht! Und außerdem bin ich schrecklich hungrig.
Wir verstecken auf dem Heimweg die Kastanie noch in unserem Baumhaus. Wir dürfen keinem davon erzählen, was wir heute erlebt haben, ok?" Die drei Freunde versprachen sich gegenseitig, niemandem etwas zu verraten. Zuhause konnten alle drei lange nicht einschlafen - kein Wunder, nach einem solchen Abenteuer. Spät in der Nacht - Raffi träumte von einem Abenteuer mit Pankis Super-Raketen-Schnell-Auto - gab es Lärm bei Omas Hühnerstall.

Doch Raffi und die Großmutter
hörten zunächst gar nichts. Erst
als das Gegackere der Hühner
zu einem ohrenbetäubenden Lärm
ausartete, fuhr Raffi jäh aus
ihrem Traum hoch.
"Was ist da bloß los?" Gähnend
schlich sie zum Fenster. Draußen
fing es an zu regnen, aus der
Ferne hörte man Donnergrollen.
"Brrrr! Das ist ja unheimlich!" Als
Raffis Blick auf den Hühnerstall
fiel, sah sie die Tür sperrangelweit
offen stehen. Entsetzt lief sie in
Omas Zimmer und rüttelte sie
wach. "Oma! Wach auf!
Der Stall ... die Hühner ... sie haben
so einen Lärm gemacht, und jetzt
ist alles so still ..., und die Tür steht
auf!"

So schnell sie konnten, eilten sie zum Hühnerstall. Vor Entsetzen waren sie erst einmal stumm ... alle Hühner lagen tot am Boden. Wer konnte sich eine solch gemeine Tat nur ausgedacht haben? Das Licht von Omas Taschenlampe fiel auf ein kleines Stück Papier, das neben ihrer Libelingshenne Olalie auf dem Boden lag. "DAS IST ERST DER ANFANG, DAS DICKE ENDE KOMMT NOCH" stand da in schiefen Buchstaben gekritzelt. "Ich kann mir's denken, wer dahintersteckt!" sagte Oma wütend und wischte sich die Tränen weg. "Niemand sonst als der Bauer Tausendmark und seine Kumpane, die mich hier weghaben wollen. Aber wartet
nur, euch kriegen wir!"

Tieftraurig gingen sie zurück.
Am nächsten Morgen machten sich
Tinus und Uli schon früh auf die
Socken. Sie hatten ja versprochen,
Raffi und ihre Oma zu besuchen.
Als sie am Hof vom Bauern
Tausendmark vorbeikamen, hörten
sie durch die geöffneten Fenster
erregtes Stimmengewirr.
"Nein - das war nicht abgemacht!
So eine riesengroße Sauerei, die
Sie da angerichtet haben,
"Was heißt hier abgemacht?
Sie haben doch schon 'ne Menge
Geld kassiert, sozusagen als
Vorschuß für den Neubau,
und jetzt machen Sie wegen
ein paar blöden Hühnern
einen solchen Zirkus! Ist die Oma
erst mal draußen, haben wir das

Hotel ruckzuck hochgezogen!" erwiderte eine unangenehme, den Freunden unbekannte Stimme. "Aber wir geben nicht auf! Sie werden schon sehen!" Dann hörte man eine Tür schlagen und schnelle Schritte, die sich dem Ausgang näherten. "Das hätte ich nicht gedacht", sagte Tinus. "Der Tausendmark und solche Gauner unter einer Decke...", erklärte er dem völlig verdutzen Uli. Er verstand das Ganze nicht. "Du du das ist doch ganz klar! Sieh mal, der Tausendmark und diese Ganoven wollen Oma aus ihrem Häuschen herausekeln, um dann ein teures Hotel hinzusetzen zu können, und weil die Oma vom Tausendmark einen alten Brief

hat, daß sie bis an ihr Lebensende dort wohnen darf ... da versuchen sie es auf diese gemeine Tour! Komm, wir müssen auf der Stelle zu Raffi."
Um die Oma nach dieser Nacht nicht noch mehr aufzuregen, zogen sich die drei in ihr Versteck zurück und erzählten sich alle ihre Erlebnisse.
Nach heißer Debatte beschlossen sie, den Kommissar Stehauf zu informieren. Bei einer solchen Gaunerei mußte die Polizei sofort eingreifen.
"Ja, ja, ich komme gleich bei Oma vorbei, wenn ich mit dem Autodiebstahl von gestern abend fertig bin", erwiderte Kommissar Stehauf zögernd.

Enttäuscht fuhren die Freunde
auf ihren Fahrrädern zu Raffi
und Oma zurück. "Wir werden
jetzt bei euch bleiben", sagten
Tinus und Uli. "Wer weiß, was
die Gauner noch so alles vorhaben,
und auf die Polizei können wir
ja bestimmt lange warten.
Vielleicht hält der Stehauf uns für
dumme Angeber und glaubt
uns sowieso kein Wort!" Gesagt,
getan, die beiden Jungen holten
ihre Sachen von zuhause und
machten es sich in der Dach-
kammer gemütlich. Die nächsten drei
Tage passierte überhaupt nichts. Als
sie am Samstagmorgen gemütlich
beim Frühstück saßen, die Oma kam
gerade mit einer Pfanne Rührei
aus der Küche, da auf einmal ...

"Was ist denn das für ein Krach auf der Straße?" Als sie zum Fenster hinaussahen, fuhr ihnen ein Riesenschreck in die Glieder.
Da fuhr doch wahrhaftig eine riesige Planierraupe, und das auch noch in einem Wahnsinnstempo, von der Straße direkt auf Omas Gartenzaun zu. In dieser Situation fiel Tinus nur noch die Kastanie ein! Jetzt brauchen wir die größte, die beste Hilfe, die es überhaupt gibt, dachte er und rannte schon los ins Baumhaus, um die Kastanie zu reiben. Wenn bloß Panki schon da wäre!
Raffi war noch schneller als Tinus gerannt. Völlig außer Atem holte sie die Kastanie aus dem Versteck und rieb und rieb...

Kaum hatte sie bis drei gezählt,
da wurde die Luft von einem lauten
zischenden Geräusch erfüllt, ein
mächtiger Wind kam auf ... und vor
ihnen stand Panki:
"Ich bin Panki aus Pankanien,
und ich esse gern Kastanien!
Euren Ruf hab ich gehört,
ihr habt mich im Schlaf gestört!"
"Gut, daß du gekommen bist,
Panki. Bitte, hilf uns. Wir sind in
einer scheußlichen Klemme. Schau,
da vorn, diese Planierraupe vor Omas
Haus, jetzt haben sie schon den
Zaun umgerissen, und, o Schreck,
Oma ist vor die Maschine gelaufen.
Sicher will sie ... "
Sie rannten wieder zurück, um Oma
von der ratternd sich nähernden
Maschine zurückzureißen.

Trotz des Lärms war Pankis Stimme
klar und deutlich zu hören:

"Ich komm' aus dem Weltenall,
Das Unrecht bring ich schnell
zu Fall! Zähle eins, zwei, drei,
und du glaubst es kaum,
wird aus der Maschine -
ein Kastanienbaum!"
Aufgeregt schrie Tinus:" Seht doch
nur! Die Planierraupe hat sich in
einen Kastanienbaum verwandelt!
Und der Fahrer, dieser Schuft,
sitzt ganz oben in der Krone...!"
"Ja, was ist denn das ? Das ist ja
reinste Zauberei!" Oma, die noch
wenige Sekunden zuvor ein
fauchendes Ungetüm auf sich
zurattern gesehen hatte,
konnte es gar nicht fassen.

In diesem Augenblick hielt der Streifenwagen mit Kommissar Stehauf auf der Straße. "Wie gut, daß Sie da sind, Herr Kommissar", sagte die Oma erleichtert.
"Sie müssen unbedingt diesen Gauner da oben auf dem Baum verhaften, der hat mein Häuschen mit seiner Planierraupe kaputtwalzen wollen." "Ja, dann ist an der Geschichte, die mir Tinus und Uli erzählt haben, also doch was Wahres dran ? Und ich dachte, die wollten mir bloß einen Bären aufbinden ...", sagte der Kommissar nachdenklich und inspiziert die Lage.
"Schon auf der Fahrt hierher habe ich mich schon schwer gewundert", fuhr er fort, "da läuft mir doch dieser Hugo Hartherz -

ein alter Bekannter - vor den
Wagen und landet plötzlich
auf meinem Beifahrersitz ...
Also, daß jemand wie dieser
Gauner freiwillig bei mir
einsteigt...", kicherte er
leise, "das hab ich in meiner
ganzen Laufbahn noch nicht
erlebt. Dann ist der da oben auf
dem Baum wohl sein Komplize? Den
nehme ich dann auch gleich mit."
Währenddessen bedankten
sich die drei Freunde Tinus, Uli
und Raffi überglücklich bei
Panki, der ihnen so toll
geholfen hat. "Das war
einfach toll!",strahlte Raffi.
"Echt Spitze, Super !"
schlossen sich Uli und Tinus an.
"das hätten wir nie geschafft!"

Panki hatte es wieder eilig:
"Ich habe Kastanienbäume gern,
ich muß zurück auf meinen Stern!
Ich hab jetzt Freunde auf der Erde,
die ich oft besuchen werde!"
"Danke, Panki, und komm bald
wieder. Besuch uns einfach, wenn
du Lust dazu hast!" riefen die drei.
Wenige Augenblicke später war das
Raumschiff wieder verschwunden.
Da rief Oma aus dem Haus: "Kinder,
die Überraschung ist fertig! Kommt
rein und setzt euch. Ihr habt nun
wirklich eine Stärkung nötig.
Ich übrigens auch." Und dann kam
der leckerste Erdbeerkuchen der Welt
auf den Tisch - wie schade, dachten
alle, daß Panki nicht auch ein
Stück davon hatte probieren
können.

Zirkus Larifari

Raffi Radieschen stand mit ihrer Mutter in der Küche und half beim Geschirrabtrocknen. Sie unterhielten sich gerade über den neuen Pullover, den Mutter für Raffi gestrickt hatte, als plötzlich laute Musik von der Straße zu hören war. "Hörst du die Musik?" fragte Raffi. "Na klar, mach doch mal das Fenster auf und schau nach!" - "Da kommt ja ein Zirkus", rief Raffi begeistert. "Laß mich auch mal was sehen!" sagte Mutter. "Das sieht ja toll aus, die vielen bunten Wagen, und vorne marschiert ja sogar ein Elefant!" Ob die wohl bei uns in der Stadt bleiben?"

Na klar, da steht's doch auf dem Plakat, da, auf dem gelben Wagen:

"ZIRKUS LARIFARI PRÄSENTIERT MENSCHEN, TIERE, SENSATIONEN

Große Eröffnungsvorstellung am Donnerstag, 15.00 Uhr auf der Gemeindewiese."

"Das ist ja prima. Darf ich hin, bitte!" - "In Ordnung, aber den Eintritt mußt du von deinem Taschengeld bezahlen." "Aber ich bin blank. Kannst du mir nicht was vorstrecken?"bettelte das Mädchen. "Nein, Raffi, diesmal nicht. Das wäre ja schon der dritte Vorschuß. Du mußt lernen, etwas besser mit deinem Geld umzugehen."- "Aber ich mußte doch

neulich ....", nörgelte Raffi. Da klingelte es an der Tür. Tinus und Uli, Raffis beste Freunde, waren da.
"Hast du schon den Zirkus gesehen? Da müssen wir unbedingt hin! Und was das Tollste ist - meine Eltern haben uns für die Vorstellung am Samstagnachmittag eingeladen!" rief Tinus. "Mensch, große Klasse", sagte Raffi, "und ich dachte schon, ich könnte gar nicht hin."-"Da hast du aber Glück gehabt", lachte Mutter. "Wie gut, daß du so spendierfreudige Freunde hast."-"Ich bin ja schließlich auch ein Sonntagskind", sagte Raffi und grinste ihre Freunde an. Die drei Kinder verabredeten sich für den nächsten Nachmittag, um schon mal vorweg etwas Zirkusluft zu schnuppern.

Am nächsten Tag warteten Tinus und
Uli am Haupteingang schon
ungeduldig auf Raffi. "Wo sie nur
wieder bleibt!" nörgelte Uli. "Da
kommt sie ja endlich" rief
Tinus. "Was schleppt sie denn so
eine große Tüte mit sich rum?"
"Hallo", sagte Raffi, "ich hab nur
schnell altes Brot eingepackt,
dann können wir die Tiere etwas
füttern."-"Gute Idee!"
Die drei schlenderten an den
Wagen vorbei. "Schau mal, den
Löwen da! Der sieht ja vielleicht
mager aus! Bei dem kann man ja
jede Rippe einzeln sehen!"-"Ach
was, der ist bloß müde. Sieh mal
da hinten, das sind ja Bären ..."
"Eisbären, Blaubeeren, Erdbeeren,
hmm!" sagte Uli. Und obwohl sie

diesen Witz bestimmt schon hundertmal gehört hatten, mußten sie trotzdem lachen. Bei einem der nächsten Wagen stießen sie plötzlich auf einen Clown, der traurig auf einer Tonne saß und die Hände unters Kinn stützte. "Na Kinder, sucht ihr jemand?" fragte er. "Nein, wir wollten uns schon einmal die Tiere ansehen." "Und hat es euch gefallen?"-"Ja schon, aber, ehrlich gesagt, die Tiere sehen wirklich etwas mitgenommen aus ...", sagt Tinus, "Entschuldigung ..." - "Ach ja, ihr habt ja recht. So ein kleiner Zirkus wie wir hat es wirklich nicht leicht heutzutage. Immer weniger Zuschauer, alles wird teurer, und große Artisten können wir uns auch nicht leisten ...

Erst gestern hat unser Direktor gesagt, wenn nicht bald ein Wunder geschieht, muß ich den Zirkus auflösen. Es reicht ja noch nicht einmal für das Futter." klagte der Clown. "Da muß doch was zu machen sein", erwiderte Tinus. "Wie wär's, wenn wir in der Schule eine Sammlung veranstalten?"schlug er vor. "Gute Idee", sagte Raffi, "wir machen nachher einen Plan, wer was besorgen kann. Ich kenne ja den Metzger gut, und du bist doch bei Bäcker Brösel auch nicht schlecht angeschrieben, Uli, bei dem Verbrauch an Eis..." Voll Tatendrang verabschiedeten sie sich von Clown Cicero. Als sie wieder am Eingang waren, stand da Zirkusdirektor Dreisprung und vor

ihm Gerichtsvollzieher Geier:
"Also, wie gesagt, Herr Direktor
Dreisprung, ich lasse mich auf
keine Diskussionen mehr ein! Wenn
nicht bis Samstag alle Schulden
bezahlt sind, dann .... "-"Nicht
so laut", flüsterte Dreisprung,
"haben Sie doch ein Herz!"-"Was
heißt hier Herz? Sie bringen das
Geld bis Samstag, oder die Tiere
wandern in den Zoo oder in den
Schlachthof", sagte laut der
Gerichtsvollzieher, "das ist Ihre
letzte Chance!" Grußlos ging er
zu seinem Auto.
"Habt ihr das gehört?" rief Uli
entsetzt. "Das ist ja furchtbar!
Wie der mit dem Zirkusdirektor
umgesprungen ist!"
Am nächsten Morgen gab es in der

Schule heftige Diskussionen.
"Was ist denn hier für ein Lärm?"
fuhr Frau Heidenreich, die
Lehrerin, dazwischen. "Ja, wissen
Sie, der Zirkus, der gestern in
die Stadt gekommen ist ... Wir
haben gehört, daß er am Samstag
aufgelöst wird, sie haben noch
nicht einmal mehr Geld für das
Futter für die Tiere ... Und da haben
wir beschlossen, daß wir alle eine
Sammlung machen und ..."
"Eine gute Idee, Kinder", sagte
Frau Heidenreich, "dafür gebe ich
euch die letzte Stunde frei. Und ich
rede mit Bauer Tausendmark, ob der
nicht eine Fuhre Heu locker machen
kann. Aber jetzt holt mal eure Re-
chenhefte raus, damit wir die Hausaufgaben besprechen können.

Voller Begeisterung schwärmten die Kinder nach der letzten Stunde aus, um dem kleinen Zirkus und seinen Tieren zu helfen. Und die Sammelaktion wurde tatsächlich ein Riesenerfolg. Direktor Dreisprung stand mit dem Clown Cicero am Eingang und starrte ungläubig auf die Kinder, die vollgepackt auf ihn zukamen. "Was bringt ihr denn mit?" fragte Dreisprung in die Runde. "Wir haben einfach gesammelt, damit Sie für Ihre Tiere genügend Nahrung haben, als wir gestern hörten, daß es Ihrem Zirkus so schlecht geht", sagte Raffi.
"Ja, herzlichen Dank", freute sich Dreisprung, "ich bin ganz gerührt. So etwas ist mir noch nie passiert. Zur Belohnung

lade ich euch alle in die
heutige Vorstellung ein." - "Prima,
super", riefen die Kinder und gingen
mit ihren Sachen zu den Käfigen der
Tiere, um beim Füttern zu helfen.
Doch die Kinder konnten nicht wissen, daß von genügend Futter allein
auch ein kleiner Zirkus nicht leben
kann. Es fehlte eben an einer echten
Attraktion, die die Zuschauer begeistert anlocken und Bargeld in die
Zirkuskasse bringen würde.

Als Raffi, Tinus und Uli beim
Elefanten Egon ankamen, um ihm
das Brot von Bäcker Brösel zu geben, machten sie eine überraschende
Entdeckung. "Schau mal, da oben
hinter dem linken Ohr!" rief
Tinus, "wer sitzt denn da?"

"Ich bin Panki aus Pankanien,
und ich esse gern Kastanien.
Elefanten tun das auch, doch Egon
hat 'nen leeren Bauch!"-"Woher
weißt du eigentlich vom Zirkus
LARIFARI ?" Verschmitzt
antwortete Panki: "Ich bin doch
ein alter Zirkushase und hab für
Sorgen eine Nase!
Der Zirkus lebt nicht vom Brot
allein, es muß auch etwas Bargeld
sein ! Laßt das mal den Panki
machen, Panki macht die tollsten
Sachen !" - "Da sind wir aber echt
gespannt, was du wieder ausgeheckt
hast, Panki!" rief Uli, "denn mit
Bargeld ... nein, bei uns ist
einfach Ebbe, auch in der
Klassenkasse ist nichts mehr, und
mein Sparschwein ist total leer."

Vom Zirkuszelt war schon Musik zu hören - die Vorstellung sollte gleich anfangen. Rasch liefen die Kinder ins Zelt. Gespannt verfolgten sie das Geschehen in der Manege. Am meisten mußten sie über den Clown Cicero und seine Späße lachen. Gegen Ende der Vorstellung kündigte Direktor Dreisprung mit lauter Stimme die Sensation des Abends an: "Und nun, hochverehrtes Publikum, stelle ich Ihnen vor: die wirklich einmalige Attraktion, unseren Elefanten Egon, den einzigen Elefanten auf der Welt, der rechnen kann. Sie werden aus dem Staunen nicht mehr herauskommen! Hier kommt er, Egon, das Rechengenie!" Ein dreifacher Tusch begrüßte den Elefanten.

"Egon", rief Direktor Dreisprung mit erregter Stimme, "wieviel ist eins und eins?"
Und Egon stampfte mit seinem rechten Vorderbein zweimal auf eine kleine bunte Trommel, die vor ihm stand.
"Bravo! Aber das war ja auch kinderleicht. Jetzt sag uns bitte: Wieviel ist drei und drei?" Egon stampfte dreimal. "Sechs! Sechs!" riefen die Kinder. "Egon, bitte, noch einmal! Gestern konntest du es doch noch so gut!" flehte Direktor Dreisprung, "also, drei und drei! Blamier mich doch nicht!"
Und dann hörte man Egon sagen: "Sechs, ja, sechs! Aber stampfen, nein, stampfen tu ich nicht mehr!"

Die Kinder schrien und trampelten
vor Begeisterung. Das war ja die
Sensation! Ein Elefant, der
rechnen und - s p r e c h e n
konnte! In ihrer Stadt !
"Jetzt hab ich aber den Rüssel
voll. Ich kann viel mehr als bloß
stampfen. Ihr werdet ja sehen!"
trompetete Egon weiter. "Vier und
vier, Egon," riefen die Kinder,
"wieviel macht vier und vier?"
"Das ist ja kikileicht", rief
Egon, "das weiß doch jeder: Acht!"
"Und fünf mal fünf", ging das
Gefrage aus dem Publikum weiter.
"Höhö, jetzt denkt ihr wohl, ich
kann das nicht, was! Das macht
einfach fünfundzwanzig, höhö!"
rief Egon laut und schwang seinen
Rüssel vor Begeisterung.

Direktor Dreisprung fand erst jetzt die Sprache wieder: "Aber Egon, ... also, das geht nicht mit rechten Dingen zu!"-"Ach, mein liebes Direktorchen", rief Egon ihm zu, "etwa nicht zufrieden?" "Doch, doch.., ja, bloß...",das war alles, was Direktor Dreisprung hervorbringen konnte, "hoffentlich träume ich das nicht nur!" Im Zirkus war jetzt auf einmal der Teufel los. Solch ein Spektakel hatte LARIFARI noch nie erlebt. Schorschi Schreiber, der Reporter vom Tagblatt, kritzelte aufgeregt ein paar Stichworte auf seinen Block und machte dann mit seiner Kamera wie wild Aufnahmen von Egon. Dann stürzte er los. Welche Sensation! Das mußte noch in die Morgenausgabe!

Tinus, Uli und Raffi entdeckten
Panki, der etwas versteckt am
Rand der Manege hockte und ein
sehr, sehr zufriedenes Gesicht
machte. "Also, Panki, das war ein
Superding! Wie hast du das bloß
wieder fertiggebracht! Meinst du,
daß diese Sensation dem Zirkus aus
den Schwierigkeiten hilft?"
"Vorbei ist all der Katzenjammer,
denn Egon ist ein echter Hammer!
Ich weiß es schon, es ist
ganz toll,
ab morgen ist der Zirkus voll",
gab Panki lächelnd zur Antwort.
"Du bist und bleibst der Größte",
sagte Raffi bewundernd.
Die Freunde blieben noch eine
Weile, dann verabschiedeten sie
sich und gingen nach Hause.

Zur gleichen Zeit spielte sich im Wohnwagen des Bärendompteurs eine sehr lautstarke Szene ab.
Mit schriller Stimme schrie Frau Brummer ihren Mann an: "Du bist doch ein ganz besonderer Trottel! Wer ist denn jetzt die Nummer Eins im Zirkus! Du und deine Bären! Daß ich nicht lache! Der blöde Elefant hat dir nun die Schau gestohlen!"-"Aber Berta, das ist doch unwichtig! Hauptsache, die Leute kommen wieder in den Zirkus und bringen Geld in die Kasse!" erwidert Bruno. "Ach was! Der Elefant muß weg! Hier, das Pulver besorgst du gleich morgen früh in der Apotheke und gibst es sofort dem Egon ins Futter! Dann kann er morgen nicht auftreten.

Und du rettest mit deinen Bären
die ganze Vorstellung!"
Eingeschüchtert machte sich Herr
Brummer am nächsten Morgen auf
den Weg zur Apotheke. Er wußte,
daß es Unrecht war, aber er hatte
vor seiner Frau eine Heidenangst.
Er wußte, wie gemein sie sein
konnte. Und das wollte er nicht riskieren. Der Apotheker händigte
Herrn Brummer das verlangte Mittel
aus. Er bezahlte und verließ eilig die
Apotheke. An der Tür wäre er
beinahe noch mit Uli, der ein
Rezept für seine Mutter abholen
wollte, zusammengeprallt. "Kannst
du denn nicht aufpassen!" meckerte
Herr Brummer. "Na, das ist ja noch
mal gut gegangen", sagte der nette
Apotheker. "Der hatte es aber

eilig. Er ist vom Zirkus LARIFARI
und wollte Läusepulver für seine
Bären. Zwar etwas viel, aber dafür
kommt er jetzt ein Jahr damit aus.
Na ja, mir kann es ja egal sein."
"Läusepulver! Ist ja komisch",
dachte Uli, doch auf dem Heimweg
hatte er das Ganze schon wieder
vergessen. Am nächsten Tag trafen
sich Raffi, Tinus und Uli am
Haupteingang des Zirkus. Wild mit
den Armen winkend und schrecklich
aufgeregt kam der Clown Cicero auf
sie zu:
"Ach, Kinder, es ist etwas ganz
Schreckliches passiert! Stellt
euch nur vor - Egon liegt in
seinem Zelt und hat fürchterliche
Bauchschmerzen! Der Arzt sagt,
daß er heute abend auf gar keinen

Fall auftreten kann!"-"Das ist ja furchtbar!" sagte Tinus. "Und in der Zeitung steht heute auf der ersten Seite ein Riesenartikel von Schorschi Schreiber: DER ERSTE SPRECHENDE ELEFANT DER WELT IM ZIRKUS LARIFARI ! Die ganze Stadt steht Kopf und kommt heute abend zur Vorstellung!" rief Raffi. "Die Geschichte kommt mir nicht geheuer vor. Gestern abend war Egon doch noch putzmunter und von wegen Magenverstimmung...", meinte Uli nachdenklich. "Na ja, ob da vielleicht jemand nicht doch ein bißchen nachgeholfen hat?" warf Tinus ein. " Aber Kinder, das ist einfach ausgeschlossen. Keiner würde doch Egon irgend etwas zuleide tun!" sagte Cicero.

"Na, ich weiß nicht. Wir sollten
der Sache nachgehen...", sagte
Uli, "wir müsen unbedingt mit
Direktor Dreisprung reden." Als
sie bei seinem Wohnwagen ankamen, stand der Zirkusdirektor
laut jammernd vor der Tür. "Was
soll ich bloß den Leuten heute
abend sagen! Welche Blamage! Das
ist das Ende! So viel Hoffnung,
und nun ist alles zerplatzt wie
eine Seifenblasse! Welch ein
Unglück, welch ein Unglück!"
"Herr Dreisprung, was sagt denn
nun der Tierarzt? Hat Egon noch
eine Chance, daß er doch auftreten
kann?"-"Ach Kinder, es ist zum
Verzweifeln! Was Schlechtes soll
er gegessen haben, der Egon! Und
dabei kriegt er doch nur immer das

Beste vom Besten!"-"Vielleicht hat jemand Egon vergiftet", sagte Raffi. "Ach was - vergiften! Keiner würde so was machen! Egon vergiften - nein, nie!" sagte der Zirkusdirektor und ging völlig gebrochen in seinen Wohnwagen. "Das ist ja zum Mäusemelken!" regte sich Tinus auf, " kann man denn gar nichts mehr machen?" "Mäusemelken - Läusepulver! Daß ich das einfach vergessen habe", Uli faßte sich an den Kopf. "Läusepulver ...?" Tinus und Raffi schauten verwundert. Und Uli erzählte ihnen die Geschichte von heute früh aus der Apotheke. "Aber das ist doch ganz normal. Bären brauchen hin und wieder für ihr dickes Fell nun mal Läusepulver.

Und einmal ganz abgesehen davon -
Herr Brummer ist der gutmütigste
Mensch, den ich kenne!" widersprach Cicero energisch. "Er kann
keiner Fliege etwas zuleide tun!"
"Trotzdem - merkwürdig ist die
Sache doch! Kommt, wir gehen mal
zum Wagen der Brummers, aber
leise, sie dürfen uns nicht
bemerken!" entschied Raffi
entschlossen. "Gut, ich komme
mit", sagte der Clown, "der Wagen
steht gleich da hinten." Aus dem
Innern drangen streitende Stimmen.
"Nun krieg doch endlich raus,
warum der Elefant auf einmal
sprechen kann! Es genügt doch
nicht, ihm Läusepulver ins Futter
zu streuen!" schrie Frau Brummer
ihren Mann an. "Jetzt reicht es

aber, ich hab genug von deinem Gezänk. Ich gehe jetzt zum Direktor Dreisprung und erzähl' ihm alles", platzte es da aus Bruno heraus. "Also, wenn du das machst, dann bin ich die längste Zeit hier gewesen. Dann gehe ich sofort. Es gibt ja noch andere Dompteure, bilde dir ja nicht ein..", Frau Brummer kreischte in höchsten Tönen. "Na bitte, dann aber gleich!" antwortete ihr Mann. Und gleich darauf sah man Frau Brummer mit hochrotem Kopf aus der Tür stürzen und zum Zirkusausgang rennen. "So eine Gemeinheit! Die sind es also doch gewesen!" empörte sich Uli. "Nur - was hilft das Egon jetzt? Wir müssen gleich mit

Direktor Dreisprung reden", sagte
der Clown. "Herr Direktor! Herr
Direktor!" riefen sie vor seinem
Wagen. "Was gibt es denn nun schon
wieder, Kinder? Ihr seht doch,
daß ich nun wirklich genug Sorgen
habe!" sagte Dreisprung etwas
ärgerlich. Aber als er hörte, daß
sein Bärendompteur den Elefanten
vergiftet hatte, war er vor Wut außer
sich. "Ja, was ... was? So eine Gemeinheit ! Der fliegt auf der Stelle,
und die Polizei wird sich auch noch
um ihn kümmern!" wetterte der Direktor los. "Cicero, hol schnell den
Arzt noch mal her! Vielleicht hat er
ein Mittel, das bei Vergiftung mit
Läusepulver hilft!" Die Kinder
liefen zu Egon, um zu sehen, wie
es ihm ging.

Doch Egon lag noch immer laut stöhnend in seinem Zelt. "Kann mir denn niemand helfen? Es tut so weh, so schrecklich weh!" jammerte Egon laut. "Ach du liebes bißchen! Gleich fängt die Vorstellung an, und ich bin noch nicht einmal für die Vorstellung umgezogen", ächzte Cicero, "und seht mal genau hin - vor der Kasse steht wirklich die ganze Stadt!" Und er rannte in seinen Wohnwagen, um sein Kostüm anzuziehen. "Jetzt kann nur noch einer helfen", rief Tinus. "Raffi, du hast die Kastanie. Reib sie, aber schnell. Jetzt kann nur noch Panki ein Wunder vollbringen!" Gesagt - getan. Kaum hatte Raffi die Zauberkastanie zweimal in ihrer Hand gerieben - da stand der

kleine Fremdling vom fremden Stern
schon vor ihnen. "Panki, Panki, gut
daß du da bist! Schau, Egon ist
ganz krank. Kannst du ihm gleich
helfen? Er muß, er muß unbedingt
in die Vorstellung, sonst ist es
mit dem ganzen Zirkus LARIFARI
für immer aus und vorbei!" bat Raffi.
"Ich bin ein schlauer Pfiffikus
und knacke jede harte Nuß!
Der Schmerz wird sich sofort
verziehn, denn Panki hat die Medi-
zin!" ertönte da Pankis helle Stimme.
Kaum waren zwei Minuten vorbei,
da rief Egon: "Ich kann aufstehen!
Der Schmerz ist weg! Hurra! Nun
aber nichts wie ab in die Manege!
Heute abend soll das Publikum Egon
in Hochform sehen !"
Das Zirkuszelt war bis auf den

letzten Platz ausverkauft. Als
dann Egon ins Zelt trottete,
kannte der Jubel keine Grenzen
mehr. Das Publikum raste vor
Begeisterung, und Egon hob mit
seinem Rüssel Direktor Dreisprung
elegant auf seinen Rücken und
drehte eine Ehrenrunde.
Und dann kam Egons größte Stunde:
Er rechnete wie ein Weltmeister im
Rechnen, und so schnell ihm auch
die Aufgaben aus dem Publikum
zugerufen wurden - er ließ sich
durch nichts aus der Ruhe bringen.
Egon übertraf alle Erwartungen. Der
Direktor konnte es nicht glauben.
Panki saß derweil hoch oben in der
Zirkuskuppel und schaute gelassen
auf das bunte Treiben hinunter.

Nach dem sensationellen Erfolg trafen sich die drei Freunde am Schluß der Vorstellung vor dem Wohnwagen des Direktors. "Ja, wo steckt denn bloß Panki? Ich habe ihn doch eben noch in der Kuppel sitzen und zuschauen sehen!" wunderte sich Uli. "Vielleicht ist er drüben bei Egon", vermutete Tinus. "Nein, liebe Leute, der ist schon wieder abgeschwirrt", sagte Raffi, "ihr wart so begeistert von Egon, da wollte er euch nicht stören. Und schöne Grüße soll ich euch von ihm ausrichten." - Das ist aber schade, er hätte doch noch ein bißchen warten können, um mit uns den Erfolg zu feiern," sagte Uli ein bißchen enttäuscht, "aber er ist nun einmal so bescheiden."

"Da kommt Direktor Dreisprung!
Seht mal, wie der strahlt!"
rief Tinus. "Kinder, ich kann euch
gar nicht sagen, wie ich mich
fühle. Im Grunde wie neugeboren.
So ein Wunder, nein, so ein
Wunder! Ach, was ich euch noch
fragen wollte: Wieso kann Egon
sprechen?"
"Keine Ahnung!"-"Na na, sagt ihr da
auch die Wahrheit?"-"Ja, Egon
ist nun mal was ganz Besonderes!"
riefen die Kinder und blinzelten
sich verständnisvoll zu. "Ach du
liebe Güte! Wer kommt denn da?
Der Gerichtsvollzieher Geier!"
"Guten Abend, lieber Herr Direktor
Dreisprung!" sagte Herr Geier
sehr liebenswürdig. "Übrigens,
Herr Gerichtsvollzieher, hier ist

das Geld, bis auf den Pfennig, abgezählt und natürlich in bar", sagte Direktor Dreisprung,"aber jetzt wollen wir feiern! So einen Abend habe ich noch nie erlebt!" Doch Raffi hatte noch eine letzte Frage. "Und was machen Sie nun mit dem Bärendompteur, Herrn Bruno Brunner?"-"Ach Kinder, ich glaube gar nichts! Bruno hat sich bei mir tausendmal entschuldigt. Und wir brauchen doch ihn und die Bären im Zirkus. Und da wir jetzt dank unseres Genies, des ersten sprechenden Elefanten, aus allen Nöten gerettet sind, da muß ich einfach großzügig sein!" Und zum Schluß wurden Tinus, Raffi und Uli zu Ehrenmitgliedern des Zirkus LARIFARI ernannt.

Der Schatz des schwarzen Piraten

Tinus saß über seinen Hausaufgaben für Mathe, und ihm rauchte ganz schön der Kopf. Da rief sein Vater ihn: "Tinus, komm schnell, Onkel Tom ruft aus Hamburg an! Es ist wohl dringend!" Tinus stand schon neben dem Telefon:
"Hallo, Onkel Tom! Wie geht's dir?"-
"Prima, mein Junge! Wie immer mach ich's kurz: Ich hatte dir und deinen beiden Freunden doch mal 'ne richtige Seefahrt versprochen.
Tja, und übermorgen soll's losgehen. Erst Afrika, dann über den Atlantik ... Habt ihr Lust?"
"Na, und wie, Onkel Tom! Wir fangen gleich an zu packen!"

"Und nun gib mir mal deinen Vater rüber!" Also so was! Mit Uli und Raffi war alles schnell abgemacht, und so trafen die drei pünktlich im Hamburger Hafen ein. Onkel Tom war nämlich Kapitän auf einem großen Windjammer, und er hatte schon die ganze Welt gesehen. Er erwartete sie schon am Kai. "Mensch, Raffi, ist das ein tolles Schiff!" staunte Uli. "Nun los, an Bord. In einer halben Stunde legen wir ab", rief der Kapitän. Wenige Stunden später waren sie schon in der Nordsee, außer Himmel und Meer war nichts mehr zu sehen. "Dürfen wir auch mal auf die Brücke?" baten die Kinder. "Klar doch, kommt mit. Und hier ist unser Steuermann Harry.

Der zeigt euch bestimmt, wie unser Schiff sicher durch die dicksten Wellen geführt wird!"-"Herzlich willkommen an Bord, Kinder", sagte Harry. "Ich zeig´ euch erst mal den Kompaß und die Karten. Da tragen wir ganz genau unseren Kurs ein!"
"Dürfen wir auch mal steuern?"
Harry lachte: "Probiert es einmal aus!"-" Das geht ja leicht wie Butter!"-"Tja, wir liegen genau auf Kurs! Gib acht, daß die Nadel haarscharf auf 240 Grad steht!"
Der erste Tag an Bord verging wie im Fluge. Todmüde sanken die Kinder am Abend in ihre Kojen. Raffi hatte sich einen tüchtigen Sonnenbrand geholt, und auch der hohe Seegang machte ihr zu schaffen.

Am nächsten Morgen wurden sie von Kapitän Tom mit lautem Rufen geweckt: "Jetzt aber mal aus der Falle! Ihr habt ja geschlafen wie die Murmeltier! Jetzt frühstückt erst mal, und danach habe ich eine Überraschung für euch!" Noch ganz müde kletterten die Kinder aus ihren Kojen und gingen zum Frühstück in die große Kabine nach oben. "So, alles klarschiff bei euch ?" fragte Tom. "Alles klar", meldeten Uli und Tinus. Nur Raffi wollte gar nichts essen. "Ich bin wohl etwas seekrank geworden", sagte sie ein wenig matt, "aber das legt sich ja wieder."-"Schade, denn ich wollte mit euch heute einen Landausflug machen! Seht mal da hinten am Horizont - das

ist nämlich Afrika. Tja, meine
"Mary Ann" ist ein schnelles
Schiff", fügte der Kapitän stolz
hinzu.
Wenig später waren sie mit
dem Beiboot an Land. Was für eine
fremde Welt! Exotische Musik
schwebte durch die Luft! Uli und
Tinus kamen aus dem Staunen nicht
mehr heraus. "Ich muß jetzt zum
Hafenkommandanten", sagte Kapitän
Tom, "ihr könnt euch inzwischen
auf dem Basar umsehen. Um drei
treffen wir uns wieder am Hafen.
Paßt gut auf euch auf!"
Der Basar war ein Erlebnis für sich.
Unbekannte Düfte von fremden
Gewürzen, das laute Stimmengewirr
der vielen Händler in ihren bunten
Gewändern - Tinus und Uli kamen
sich vor wie in einem Märchen.

Kein Wunder, daß sie nicht pünktlich am Hafen waren, wo sie Tom schon erwartete. "Nun aber schnell an Bord, da kommt ein Unwetter!" befahl er. Als die "Mary Ann" wieder auf Kurs lag, zog ein schwerer Sturm auf, der in der Nacht zum Orkan wurde. Haushohe Wellen ließen die "Mary Ann" zum Spielball der Elemente werden. Wasser drang in die Laderäume ein. Die Lage wurde lebensgefährlich - die "Mary Ann" drohte zu sinken. "Die Kinder in ein Beiboot", ordnete Kapitän Tom an. Es war furchtbar. In Sturm und Regen wurde das Boot mit den Kindern zu Wasser gebracht, während sich die Seeleute verzweifelt bemühten, das Wasser

aus dem Schiff zu pumpen. Der wütende Sturm trennte das Boot mit den Kindern rasch von der sinkenden "Mary Ann". Die Kinder bemühten sich verzweifelt, nicht über Bord zu fallen. So rasch der Sturm aufgezogen war, so rasch wurde es wieder ruhig auf See. Von der "Mary Ann" und den anderen Booten war nichts mehr zu sehen. Wohin trieben sie bloß? Völlig erschöpft fielen sie gegen Morgen in einen tiefen schweren Schlaf. Die Sonne stand schon hoch am Himmel, als Uli durch ein schabendes Geräusch geweckt wurde.
Ihr Boot war an einen einsamen Strand getrieben worden. Mühsam kletterten sie aus dem Boot an Land. "Wir sind gerettet! Wir

sind auf einer Insel gelandet!"
rief Tinus erleichtert. "Aber wenn
sie nun ganz unbewohnt ist?"
fragte Raffi. "Was machen
wir dann?" Sie kletterten auf einen
kleinen Felsen - wahrhaftig, die
Insel war nicht sehr groß. Ihre
Lage kam ihnen auf einmal völlig
trostlos vor. Weit und breit war
keine Spur von menschlicher
Tätigkeit zu sehen! Was sollten
sie nur machen? Raffi schlug vor,
ein großes Feuer zu machen, damit
vorbeifahrende Schiffe sie
bemerken könnten. Uli ging zum
Rettungsboot, um aus der Notkiste
das nötige Material zu holen. Ein
wenig später kam er strahlend zu
den Freunden zurück: "He, seht
mal, wen ich hier mitbringe!"

"Aber ... aber das gibt's doch nicht!
Das ist ja Panki! Wie kommst du
denn hierher?"
"Was glaubst du denn, du
Einfaltspinsel,
wer euch gebracht hat
auf die Insel?
Ich saß in eurem Rettungsboot
und war bei euch in größter Not!"
erzählte Panki. "Ja, in der
Notkiste hatte er sich versteckt",
ergänzte Uli. Tinus fragte: "Und
weißt du auch, was mit der
Mannschaft und Kapitän Tom
passiert ist?"
"Ein Schiffchen kam vorbei-
geschwommen und hat sie alle
aufgenommen!"
Gottseidank, alle waren gerettet!
Dann machten sie Feuer.

Als sie es sich so richtig
gemütlich gemacht hatten, die
Flammen hoch loderten und sie die
Kekse aus der Notkiste futterten,
war die größe Angst verflogen. Da
ertönten plötzlich Stimmen.
"Räuber! Diebe!" und "Halt!
Stehengeblieben!" Ein alter
Mann mit einem Papagei auf der
Schulter trat ans Feuer. "Wie
kommt ihr denn auf m e i n e
Insel?" Und die Kinder erzählten,
was letzte Nacht passiert war.
"Dann kommt mal mit", sagte der
Alte. Den Kindern war, trotz der
Anwesenheit von Panki, ganz und
gar nicht wohl zumute. War der
Alte nun gut oder böse? Und was
hatte er vor? Auf einem schmalen
Pfad führte sie der Alte auf eine

Lichtung, auf der eine richtige
alte Festung stand. Da ließ sich
Panki vernehmen:
"Der Panki hat noch mehr zu tun,
als sich hier unten auszuruhn!"
"Du willst doch jetzt nicht etwa
wieder weg?" rief Uli.
"Spielt noch ein bißchen Robinson,
wenn's an der Zeit ist,
komm ich schon!"
Und schon war er fort. "Laßt ihn
nur", lachte der Alte, "der kann
hier nicht weit kommen."-"Na, der
kennt Panki noch nicht!" sagte
Tinus etwas sauer. "Wißt ihr
eigentlich", redete der Alte
weiter, "daß ihr seit fünfzig
Jahren die ersten Menschen seid,
die ich zu Gesicht bekomme?" Die
Kinder können sich vor Staunen gar

nicht fassen. "Wie sind Sie denn überhaupt hierher gekommen?"
" Das ist eine lange Geschichte."
Und der Alte, Jonas war sein Name, erzählte dann sein spannendes und abenteuerliches Leben.
"Ich war früher Schiffsjunge auf einer alten Seeräuberfregatte vom schwarzen Piraten. Bei unserem letzten Gefecht vor der Küste von Spanien wurden wir alle gekapert und zum Tode verurteilt. Nur der schwarze Pirat und ich, wir beide konnten auf diese Insel fliehen. Aber jetzt mach ich erst mal was Ordentliches zu essen, ihr müßt ja völlig ausgehungert sein!"
Und in der gemütlichen Hütte von Jonas, mit vielen alten Gerätschaften, Pistolen, Gewehren an

den Wänden und einer alten Holzkiste in der Ecke, bei frischer Kokosmilch und gebackenen Bananen, erzählte Jonas noch viele Geschichten aus dem Leben vom schwarzen Piraten.

Ganz zum Schluß sagte er: "Aber nun legt euch schlafen. Ich bin auch ganz müde. Morgen will ich schon in aller Frühe zum Fischen. Ihr könnt machen, was ihr wollt, nur eines dürft ihr nicht: die Kiste da öffnen ! Die hat mir noch der schwarze Pirat kurz vor seinem Tod vererbt !"

Am nächsten Morgen gingen die Kinder nach dem Aufwachen zur Quelle, um sich zu waschen. Tinus sagte: "Also, ich habe nur von der Kiste des Piraten geträumt. Und

als ich sie aufhatte, war sie
voller Gold. Wir müssen sie
öffnen, unbedingt."-"Aber du weißt
doch, daß uns Jonas das streng
verboten hat. Er wird schon seinen
Grund haben ...", sagte Uli. "Ich
kann Tinus gut verstehen", meinte
Raffi, "ich würde sie ja auch gern
einmal sehen. Bestimmt sind große
Schätze drin versteckt."-"Also
gut, aber dann gleich, bevor der
Alte vom Fischen zurück ist,"sagte
Uli. Die Kiste war schnell
geöffnet, so alt und morsch war
sie. Aber drinnen ... nichts außer
alten Uniformresten, Gürteln,
Schnallen, kein Gold, keine Perle!
"Wie das stinkt!" Raffi verzog die
Nase. "Aber da - was ist das für
ein Papier ?"-"Du, das ist ja eine

alte Karte von der Insel. Zwei Berge
und die Zeichnung einer Sonnenuhr,
mit einer vier ..." - "Achtung, Jonas
kommt zurück!" Mißtrauisch über-
prüfte der Alte die Kiste, aber da
nichts fehlte, sagte er nichts weiter.
Später gingen die Kinder
schwimmen. Als sie vom Strand
hochsahen, sah Tinus die beiden
Berge, den kleinen und den großen.
"Ich hab's", rief er. "Seht da, die
Berge. Und wenn ich mir alles
genau überlege ... dann zeigt die
Karte die Stelle an, wo ein Schatz
verborgen sein muß. Überlegt
selbst: Um vier Uhr hat die Sonne
eine bestimmte Position. Wo der
Schatten vom großen auf den
kleinen Berg fällt, muß irgendwas
sein!"

"Einfach genial !" rief Uli. Die drei Freunde machten sich sofort auf den Weg, denn um vier mußten sie ja bei einer bestimmten Stelle sein. Kurz vor vier Uhr sagte Tinus aufgeregt: "Seht, wie der Schatten auf die Geröllhalde da drüben fällt! Da müssen wir anfangen!" Und wie wild kletterte er los und fing an, Stein um Stein beiseite zu räumen. Uli und Raffi folgten ihm, so gut sie konnten und halfen. "Puh ! Das ist ja eine fürchterliche Arbeit", stöhnte Uli. "Ich bin auch schon ganz kaputt", sagte Raffi. Schwitzend und keuchend arbeiteten sie weiter. "Ich glaube, da kommt ein Loch oder so etwas!" rief auf einmal Tinus. Wahrhaftig - vor ihnen öffnete sich ein schmaler, dunkler Eingang zu einer Höhle oder einem unterirdischen Gang. "Hast du Steichhölzer, Uli?" "Ja, hier!"-"Nun kommt doch schon endlich, ihr Angsthasen! Jetzt wird es doch erst richtig spannend. Und wenn wir Glück haben, sind wir die ersten, die den Schatz des schwarzen Piraten finden!"-"Das sieht ja aus wie in einem Geisterschloß! Überall sind Zeichnungen an den Wänden", rief Raffi. "Und das da - da sind ja noch alte Fackeln! Ob die noch brennen?"-"Ich probier es mal, sie anzuzünden. Donnerwetter - es funktioniert!" Die Kinder sahen voller Staunen auf die bunt bemalten Wände. "Die Piraten von

damals waren gar nicht schlechte Künstler. Seht mal, sie haben ihre Schiffe haargenau aufgezeichnet! Jede Bordkanone und jede Luke kann man noch erkennen!" rief Uli. "Aber wo ist bloß der große Schatz?"-"Ja, den müssen wir erst noch finden! Los, weiter!" sagte Tinus.
"Halt! Hiergeblieben!" ertönte da die Stimme des alten Jonas. "Das hab ich mir doch gleich gedacht! Ihr seid mir reizende Gäste - erst nehme ich euch bei mir auf, und dann wollt ihr mich zum Dank auch noch bestehlen! Ihr seid also doch an der alten Kiste gewesen!"-"Wir wollten Sie aber ganz bestimmt nicht bestehlen! Wir haben die Höhle rein zufällig

entdeckt!"- "So, so! Rein zufällig! Daß ich nicht lache! Die Karte in der Kiste habt ihr also auch rein zufällig gefunden, wie? Ihr seid ja noch schlimmer als wir früher, Ihr Diebe! Aber eins muß ich euch lassen: Ich habe den Plan nie enträtseln können, und ihr seid gleich auf des Rätsels Lösung gekommen! Aber das wird euch jetzt auch nichts mehr nützen. Ihr seid jetzt meine Gefangenen. Ihr bleibt schön hier, oder glaubt ihr, ich lasse mir den Schatz von euch Gören vor der Nase wegschnappen!"
Die Kinder hörten, wie der alte Jonas in einer kleinen Nebenhöhle verschwand. Nach einer Weile hörten sie einen lauten Schrei:

"Gold! Gold! Ich wußte es ja, hier ist es endlich, und ich habe es gefunden. Es gehört mir allein, ganz allein mir!" Und der Alte fing wie verrückt an zu lachen. Seine Stimme hallte schauerlich durch die Höhle, und die Kinder bekamen es mit der Angst zu tun. "Los, machen wir, daß wir hier wegkommen", rief Tinus. "Wenn der uns in die Finger bekommt ... " "Aber hier sind keine Fackeln mehr, und die Streichhölzer sind auch alle", sagte Uli. "Wie sollen wir bloß aus dieser Höhle wieder herauskommen?" - "Das ist alles deine Schuld, Tinus. Wenn du bloß nicht diese blöde Kiste aufgemacht hättest, dann wär uns das alles nicht passiert!"

"Ach, jetzt seid doch nicht so zimperlich. Wir schaffen es schon, wir müssen bloß zum Eingang zurück. Wir tasten uns an der Wand entlang." Hinter ihnen hörten sie die grelle Stimme des Alten: "Ihr werdet mir nicht entkommen! Und das Gold kriegt ihr auch nie! Von dieser Insel ist noch keiner geflohen!"-"Los, schneller, beeilt euch doch ein bißchen! Jonas ist schon ganz dicht hinter uns", rief Raffi.
Da - endlich! Licht schimmerte ihnen entgegen -, sie hatten den Eingang wieder erreicht. Sie stolperten den steilen Felsabhang hinab, Steine und Geröll sausten gefährlich nahe an ihnen vorbei. Doch sie hatten Glück - sie wurden

nicht getroffen und kamen mit
heilen Knochen am Strand an.
"Uff! Das war knapp!" brachte
Tinus atemlos hervor, "das ist so
eben noch mal gut gegangen!"
"Jetzt aber nichts wie weg von
dieser Insel!" sagte Raffi ganz
erschöpft und rieb die Kastanie in
ihrer Hand. Und nur einen
Augenblick später erfüllte das
laute Fauchen, das sie schon so
gut kannten, die Luft. Panki mit
seinem superschnellen Raumschiff
war wenige Meter vor ihnen auf dem
Kieselstrand gelandet.
Noch nie war unseren Freunden das
ohrenbetäubende Pfeifen so schön
und angenehm vorgekommen, und
sie liefen rasch auf Panki zu, der
gerade aus dem Raumschiff stieg.

"Was zieht ihr ab hier für 'n Nummer,
ihr macht dem Panki ganz schön Kummer!"
sagte Panki etwas verwirrt und betrachtete die zerfetzten Kleider der Kinder.
"Panki, Panki, wir müssen schnell von hier fort! Der Alte ist völlig übergeschnappt. Er ist hinter uns her!"
"Ja, wir haben den Schatz des schwarzen Piraten entdeckt, eine Höhle voller Gold!"
"O jeh", wußte Panki da nur zu sagen. "Bring uns ganz schnell hier weg, bitte, bitte!" rief Uli, " wir dürfen jetzt auch keine Sekunde mehr verlieren. Sonst kriegt er uns noch!"

"Der Alte schwingt schon
seine Krücke,
wir machen jetzt ganz
schnell die Mücke!"
Um einen flotten Spruch war Panki
auch in der brenzlichsten
Situation nicht verlegen.
"Aber mein Elefant, den ich auf
dem Basar gekauft habe, ist noch
in der Hütte", rief Uli. "Laß den
albernen Elefanten da !" schnaubte
Tinus, "den brauchen wir jetzt nun
wirklich nicht."-"Nein, ich muß
ihn unbedingt mitnehmen. Er hat
das Schiffsunglück überstanden und
ist jetzt mein Talismann. Ich hole
ihn. Ohne ihn komme ich nicht
mit."
"Nun spute dich, mein lieber Sohn,
da hinten naht der Alte schon",

mahnte Panki. "Na wartet, gleich hab ich euch, ihr Diebe", lachte der alte Jonas. "Uli, nun beeil dich doch!" Raffi war schon ganz verzweifelt. Da waren sie schon fast gerettet - und da mußte sich Uli noch wegen eines kleinen, aus Holz geschnitzten billigen Elefanten aufregen und alles aufs Spiel setzen! "Schneller, Uli, noch ein paar Meter, und du hast es geschafft!"-"Ich krieg keine Luft mehr", japste Uli. Mit letzter Kraft erreichte er die Freunde, die an der Treppe des Raumschiffs auf ihn warteten. "Panki, laß das Raumschiff sofort starten. Wer weiß, was dem alten Jonas noch an Tricks einfällt", sagte Tinus und schloß die kleine

Einstiegsluke, während die Treppe lautlos unter das Raumschiff gezogen wurde.
Dann hob das UFO mit einem schrillen Pfeifen vom Strand ab. Der alte Jonas lief noch einige Meter hinter dem Raumschiff her, natürlich ohne Erfolg. Uli war überglücklich - stolz hielt er den kleinen Elefanten aus Holz in die Luft, sprechen konnte er vor lauter Schnaufen noch nicht.
Geschafft, aber froh saßen alle in ihren bequemen Sesseln und flogen endlich in Richtung Heimat.